시라는

짧은 대사와

언어라는 오류

시라는 짧은 대사와 언어라는 오류

ⓒ 이하연, 2024

초판 1쇄 발행 2024년 7월 16일

지은이   이하연
펴낸이   이기봉
편집   좋은땅 편집팀
펴낸곳   도서출판 좋은땅
주소   서울특별시 마포구 양화로12길 26 지월드빌딩 (서교동 395-7)
전화   02)374-8616~7
팩스   02)374-8614
이메일   gworldbook@naver.com
홈페이지   www.g-world.co.kr

ISBN   979-11-388-3354-7 (03810)

시라는
짧은 대사와

언어라는
오류

이하연

진정, 시를 위하여

좋은땅

제가 쓴 시 중에 「세상의 이웃 사람들에게」라는 시가
있습니다.

세상을 바라보면 우리 이웃은 내 가까이에 있습니다.
돌아보면 사람들은 가장 소중한 것은 가까이에 있다고
말합니다. 소중한 것이 가까이에 있다면 아끼고 사랑해
야 합니다. 누군가 고백합니다. 당신을 위해 세상의 반
석이 되고 초석이 되어 달라고 말합니다. 사랑이 없는 이
시대에 안주하고 싶지 않다고 말합니다. 그래서 나는 고
백합니다. 내 이웃을 내 몸과 같이 사랑해야 한다고 말입
니다.

목차

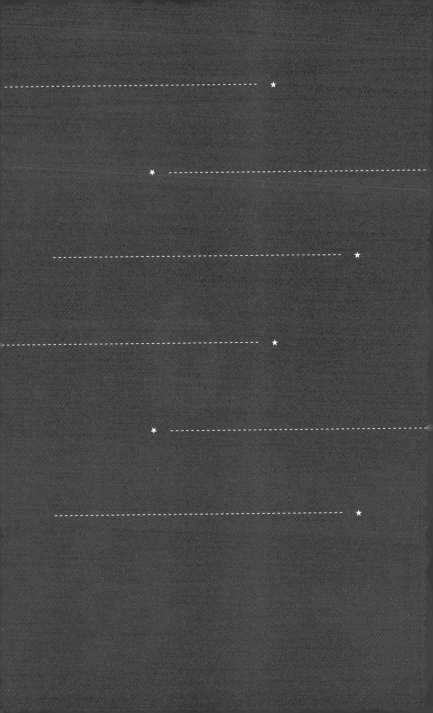

냉장고

익숙한 냉장고를 바라보았다.
냉장실 문을 열면 시원함이
내가 알고 있는 세상과 다른 세상이
냉동실 문을 열면 또 다른 세상이
다시 열 땐 배고픔이
다음에 열 땐 속이 찬 김치와 반찬이
또 열 땐 익숙한 구수함이
냉장고 같은 시원한 세상을 바라고 살면서
배고픔을 알고 속이 찬 김치와 반찬처럼
구수한 그런 사람이 돼야지.

네모와 동그라미와 세모

네모와 동그라미와 세모는 서로 친구다.

어느 날, 네모가 동그라미에게 너는 왜 동그랗느냐고 했다. 그러자 동그라미는 "너는 네모났잖아"라고 말했다.

그러자, 갑자기 세모가 나는 세모난데 둘 다 왜 그러냐고 했다.

그제야 동그라미는 동그라미를 외쳤다.

끝.

경청

말하는 사람은 따로 있는가?

경청하는 사람이 되자.

생각하는 것을 말할 때

비로소 아는 것임을

비로소 살아 있음을 느끼는 것이다.

지혜를 숨기는 것은 어리석은 것이다.

그것을 발견하는 것이 정말로 소중한 일이었다.

인간의 우직함이 어리석음이라는 판단의 잣대인

이중인격자에게 배척당하는 서러움도

그것을 참는 사람에게서 우직함에서 나온다.

진짜 어려움은 그렇게 헤쳐 나갈 수 있다.

속이는 사람에게 속는 것은 자신의 나약함에서 난 것이다. 속는 것과 속이는 것을 두고 그 사이에서 고민을 하고 보니 정말 서러움은 그것을 몰라주는 사람으로부터 속아서 느낀 상처일 뿐이었다.

좀 더 나은 일을 하기 위해 다른 생각을 하다 보니

그것을 잊게 되었다.

길

결코 어렵지 않은 길은 없다.

결단코 있어서는 안 될 일이 있을 뿐.

시험의 난관에 들었을 때에도

그때 느낀 서러운 마음이 내 안에서 자라

다시 맞서 싸울 수 있을 그때가 지나고 나서야

정말로 그 순간이 찾아온다.

나 자신도 모르는 비방에 속지 말자.

자신을 모르는 자는 절대로 남의 마음을 헤아릴 수 없다.

길을 찾으려 하면 찾을 수 있고 자신을 알면 길을 알 수
있다.

자신의 길에 대해서 고민하고 나면 헤매지 않고도 어렵
지 않게 길을 찾을 수 있다.

길을 생각하고 나면

무슨 생각을 했고 무슨 일을 떠올렸는지 금방 알 수 있게
된다.

그렇게 길을 가다가 목적지에 다 닿을 수 있게 된다.

무시로

세상에서 가장 빛나는 가치 있는 사실도 무시로 생각할 때 항상 스쳐 지나가곤 했다. 그것을 배우고 깨달을 때가 가장 소중하다고, 그것이 많이 아는 것이라고, 무시로 가르쳐 준다고 믿었다. 정말 슬프다면 한번 돌이켜보라. 항상 생각하기를 생각이 가치 있어야 내 인생에서 삶이 존재한다는 사실에 내 생각이 가치 있다면 그 용기가 항상 싸워 왔던 그 고민이 풀리지 않을까?

한 고비

한없이 생각이 꼬리를 물고 산으로 갈 때 한 고비를 넘겼다고 생각하니 생각이 쉬워졌다. 어줍잖던 생각을 뒤집자 생각이 바뀌었고 생각을 쉽게 하니까 생각이 정말로 쉬워졌다. 어려운 생각을 내려놓고 보니 정말로 마음이 가벼워졌다. 이 한 고비를 넘기면 버거운 마음도 태산처럼 쌓인 일도 아픈 마음도 한도 어쩌면 정말로 풀리겠지.

세상의 이웃 사람들에게

나는 한곳에 안주하고 싶지도 않고

길을 잃고 헤매기도 싫습니다.

언제나 자유로운 몸이 되어

그대의 곁에 남고 싶을 뿐.

그대가 나의 반석이 초석이 되어 주오.

그 사랑에 목마르지 않는

빛이 나는 물결처럼 햇살처럼 나를 반겨 주오.

사랑에 목마른 배고픔에 굶주리지 않는

세상에서 살게 해 주오.

의지

배가 고픈 굶주림과
모르는 것보다도 더 고통스러운 건
바로 자신을 탓하는 것이다.
가난에서는 지혜를,
아픔에서는 희망을 배울 수 있지만
의지와 희망이 없으면 그 시간을 되돌릴 수 있는
방법이 없기 때문이다.
그 의지가 희망을 살 수 있기 때문이다.
굶주림에 허덕이는 것보다
더 고통스러운 것은 바로 나 자신을 나약하게 만드는
다른 이유였다.
의지가 아니면 알 수 없는 인간의 나약함이
내 안에도 존재하고 있었기 때문이다.
그런 생각에 휘둘리지 않기 위해
인간의 본능으로 나약하지 않으려 했다.

인간의 본능에는 당연히 의지가 필요하다.

낭만의 시

누군가와 서로 마음을 나누고 아낌없이 사랑하기 위하여
그 사람을 반기기 위하여 나를 위해서 그를 위해서 찾을
수 있는 것이 낭만이라면 좋다.
내 마음에서 진심 어린 떨린 마음이 그대를 찾았고 그것
이 내 일이 된 것이다.
그 일은 내가 그대를 만나서 사랑하는 일이다.
내가 당신을 좋아하는 마음과 서로를 존중하고 존경하는
마음이 앞설 때
다시 일어설 수 있는 용기를 주는 것도 낭만이다.
낭만을 위해서라면
기필코 낭만을 우습게 보지 않는 낭만을 사랑하는 사람
과 함께라면
기꺼이 사랑을 내주는 것을 허락하는 것이다.
사랑을 침범하는 다른 사상으로부터 낭만은 자유해지기
를 원한다.

낭만이 그립고 그리운

당신의

위로를 위하여.

소통하는 법

내가 남기고 싶은 것이 내 안에 존재할 때
시가 있다는 것을 알았고
글을 쓸 줄 알게 되었을 때 그림이 있다는 것도
그 속에 비밀이 있다는 것도 배웠다.
내 마음을 다른 사람이 알았으면 하고
간절히 느낄 때가
진짜 간절한 그리움이 나에게 없다고 가정한다면
정말 두려움은 그 속에 있을 나라는 존재가 절대 아니기
를 빌었다.
누구나 생각하기를 진정한 내면을 볼 줄 안다면
내가 생각하는 가치가 당신 삶 속의 가치가 서로 맞닿아
있다면 살 만한 세상을 같이 바라볼 수 있는 생각의 깊이
를 재지 않는 그런 세상에 살 수 있다면야 그게 진짜 소통
이 아닐까.
고민을 참 많이 한 것 같다.

착각의 늪

싫은 걸 싫다고 하는 게 어려운 게 아니라
어려서 그랬다.
내 생각이 잘못된 게 아니라
생각이 너무 깊어서가 아니라
내 기분 먼저 생각했다.
어른이 되고 보니 그런 생각이 따로
있는 게 아니라 진짜 살아 있다고
느낄 때
비로소 생각하는 법을 알았다.
생각하고 행동하는 것이 두려워서가 아니라
내가 옳다고 말해도
그게 아니라고 할까 봐 피하는 것이었다.
정말 피할 수 없을 때
어찌해야 할지 몰랐다.
아! 그때야 알았다.

내가 생각한 것이 맞구나.

나와 다른 이웃

말없이 기적을 바랄 때,

나보다 이웃을 먼저 바라볼 때

진정한 이해는 다른 사람도 나처럼

생각할 줄 알 때

그게 먼저이고 용기를 알고 맞서 싸울 때

생각이 먼저임을 깨닫고 실천할 때

타인의 존중과 양보를 알고 먼저

행동으로 옮겨 실행할 줄

알아야 한다는 걸 배웠을 때

알고 배우는 지식보다 실천이 중요하다는 걸

먼저 떠올린다면

이 세상에 두려움이 없으리라고 확신할 때라면

인생이 그렇다면 박수가 먼저이고 실망하기보다

그것이 다른 사람과 내가 같이 배려하는 것이 먼저일 때

가 인생에서 가장 아름다운 순간이 아닐까 되짚어 본다.

우정

나는 항상 널 먼저 생각했어.

아니야, 나는 내가 먼저인 줄 알았어.

정말? 우리 그러기야?

누가 뭐라고 해도

우정이 내가 먼저라고 했잖아.

싫어. 배신이야. 안 돼.

그렇게 날 배신할 거야?

그건 우정이 아니야. 기만이야.

사랑한다면 사랑을 안다면

사랑하고 싶다면

사랑은 절대 기만하지 않아.

절대 기만하는 게 아니야.

사랑과 우정과 용기는 절대 배신하지 않아.

셋은 그들은 절대 기만하지 않아.

누가 먼저 그 길을 갈까? 1

산을 넘을 때 이리와 짐승이 나타나 떡을 달라고 하면 누가 떡을 내줄까? 사람이 더불어 먹고사는 마음의 떡은 내 마음의 떡보다 더 큰 마음이 앞서는 것. 달고 맛있는 무지개떡 그보다 더 빛나는 마음은 내 마음의 무지개떡.

누가 먼저 그 길을 갈까? 2

두 사람이 누가 먼저라고 할 새도 없이 서로 앞다투어 길을 가고 있었다. 한 사람이 먼저 말했다. 내가 먼저 출발해서 힘이 드니 쉬어야겠군. 그러자 그 사람이 대답하면서 말했다. 정말 정이 많군 그래. 하지만 그러다가 나를 쫓지 못하면 어쩌겠는가?

앞길

한 치 앞도 안 보이는 숲은 아무 말도 하지 않는다.

풀 소리가 나고 바람이 부는 날에

앞을 헤쳐 나가면서 풀잎이 내 무릎을 찢는 듯했다.

상한 갈대가 나를 바라보며 말리듯

세상이 온몸으로 나를 미는 것을 느꼈다.

그때 바람이 나에게 나직하게 속삭였다.

조금만 더 앞으로 나아가면 길을 찾을 수 있어.

눈앞이 캄캄하여 찾지 못하던 길을 찾기 위해서

나는 모든 눈물과 땀을 흘려야 했다.

그렇게 고생한 끝에 길을 찾고

왜 아는 길을 헤맨 것일까 궁금해지기 시작했다.

내가 길을 헤맨 이유에 대한 실마리를 찾을 수 있을까 고

민하던 중 생각이 스쳐 지나갔다.

그날은 날씨가 스산했다.

그것으로 설명이 되었다.

하지만 또 다른 생각이 스쳐 지나갔다.

'익숙한 길인데.'

다음번에 길을 헤매면 다시 그날을

떠올릴 테지.

하지만 그땐 바람과 숲에 안녕을 고할 거야.

아프리카 아이

천지 사방에 다 떠들듯이 아프리카에서 한 아이가 태어나 울어 댔다.

그 아이가 우는 이유는 한 가지만이 아니었다.

고난, 고아, 가난 이 세 가지 이유를 들어 아이는 자신의 삶을 원망했다. 아이는 가난이 야기하는 모든 일들에 대하여 불만스러워했다.

그 아이는 세상을 원망하였다. 세상에서 제일 난폭한 흉기가 기근이라고 했다.

아이는 자신이 태어난 환경을 가리켜 말했다.

"삶에서 모든 화해의 의미는 겸손함의 존경으로부터 나오는 타인의 존중으로부터 시작된다."

까마귀

정답지 않은 사람 없다. 그립지 않은 사람 없다.

새가 지저귀어 울면

오늘이 드리운다.

오늘 아침에 눈떠 울던

뻐꾹 새가 생각난다.

낮에는 까치가 보이고

까치가 먹이를 먹으려고 총총총 뛰어다닌다.

까마귀가 울 때면 까마귀 생각을 하고

까마귀를 보려고 눈을 크게 뜨고

주변머리에서 까마귀를 찾던

생각이 났다.

제 집 찾은 까마귀가 소리 내어 운다.

까마귀야.

너는 까막눈으로 무엇을 찾아 헤매었느냐?

까마귀가 까만 눈으로 깍깍 울어 댄다.

까마귀는 다시 길을 떠난다.

까악까악

까마귀가 운다.

어서 서둘러야지.

물감

물감으로 형형색색을 칠하자,

밝은 색이 어두운 색과 조화를 이루었다.

색감이 따뜻하고, 조화로운 그런 색을 찾을 거야.

연한 색을 칠해 그 위에 두꺼운 옷을 입히고 두터운 색을

다시 더 칠하는 거야.

물감은 붓과 물통을 가지고 자신의 색으로 옷감을 나타

내었다.

물감 같은 세상을 아이들이 상상하자, 새로운 색과 세상

이 펼쳐졌다.

물감이 세상과 조화를 이루는 세상을 바라며 아이들이

소원을 빌었다.

그런 세상을 만들기 위해 어른들이 나섰다. 어른들은 물

감을 가지고 세상의 색을 칠하기 시작했다. 물감 같은 세

상을 꿈꾸는 사람들이 서로 너도나도 모여 자신의 물감

을 가지고 세상을 색칠했다. 여러 사람의 꿈이 모여 물감

의 세계가 탄생한 것이다. 사람들이 아이처럼 물감을 바라보는 시선으로 세상을 바라보기 시작했다. 아이들의 소원처럼 꿈이 이루어진 것이다.

소나기

비가 내린다. 비를 멎어라 쳐다본다.

비가 내려 뚝뚝뚝 떨어지지만 비의 틈새를 바라본다.

비가 내릴 때 비를 생각했다.

잠시 내리는 소낙비야. 비야, 멈춰라.

비가 잠시 후 멎어진다.

잠깐 온 소나기였다.

비가 그치니 빗방울이 맺혀 고스란히 그대로 창문에 떨어져 내린다.

창문에 비추는 빗방울들이 고슬고슬 맺혀 아래로 뚝뚝 떨어진다.

비의 광경을 본 것을 알았다.

비가 내리는 것처럼 내 인생의 소나기가 와도

비가 내리는 것을 묵묵히 바라본 것처럼

비를 맞자.

비를 맞는 것을 겸허하게 받아들이리라.

소낙비처럼

잠시 내릴 뿐이니

비가 그칠 테니

인생의 끝

배가 돛을 내리고 순항을 알리듯

인생의 마지막 끝 저편 너머에서

그것을 지긋이 바라보는 사람을

부르고 가르침을 주기도 하였다.

배가 기울면 뱃사공이 배를 일으켜 세우듯이

돛을 편 것처럼 가슴을 펴고

자연 앞에서 저 인생의 끝 저 언덕 너머를 바라보았다.

생명을 소중하게 생각하는 것이 인생에서 가장 귀한 일

이었다.

맞바람에 몸을 부딪히면서 몸을 숙이는 것

그런 자세를 취하는 것보다

더 진중한 자세가 요구되었다.

나비가 날아오르는 것을 보았던 것처럼

나비처럼 날아오르려

다른 날갯짓에 휘둘리지 않으려 했다.

조용히 귀 기울이지 않으면 정말 그 끝을

헤아리기가 어렵다.

귀 기울이자

그 끝에 다른 무언가가 있을 거라는 생각이었다.

착각이 아니다.

인생의 저 끝 저편 너머 끝에는

뭐가 있을까

진중한 생각이 요구되었다.

정말로 그런 생각이 들었다.

아픔을 잊지 않고

승화하는 것이 필사적으로 매달리더라도

그냥 잊을 것을 잊는 것이

아름답게 끝난다고 하는 말이

무슨 말인지 알 것 같았다.

그 실체가 알고 싶어졌다.

그 실체를 알려고 하자

바로 나라는 생각이 들었다.

기쁨의 수반

기쁨은 배가 되고, 기쁨을 아는 것이

기쁨의 수반이 되어

슬픔을 잊고 나쁜 생각을 물리치고

추억에 몸담고

오류를 범하지 않는 것

감동을 휴먼으로 배로 쌓아

이적을 보듯이

기적을 바라듯이

이적을 바라고

감정에 휘둘리지 않는

승리하는 기쁨을 누리는 것

그것을 바라보고

그에 어울리는

그 누구도 자기 자신을 먼저 바라지 않는

기쁨의 승리를 먼저 바라는 것

그 누구도 슬픔을 먼저 말하지 않고

사랑을 기쁨으로 대하는 것

그것이 기쁨의 수반이 아닐까?

그것이 기쁨의 수반이다.

이별

아, 사랑하는 이여, 당신이 나에게 슬픔과 아픔을 주었소.

이별을 더 견디기 힘이 드니

더 이상 미련을 남기지 말아 주오.

그래도 생각나는 것은 당신이 준 장미에 가시가 있었다

는 생각이오.

그 독이 든 가시가 나를 자꾸 찔러 상처가 베었소.

그것을 견디기가 너무 힘이 드오.

혹시라도 다른 생각에 미련은 접어 두시오.

애석하게도 그것이 어리석어 보일 뿐이오.

뱃사공들이 부르는 노래

서리 내리는 어느 날 아침
꽁꽁 얼어붙은 손을 녹이는 뱃사공의 입에서
노랫말 소리가 흘러나온다.
옛사람들이 흥얼거리며 불렀던 그 노래를
가사를 지어 보탠 노랫말 가사를
다 함께 부른다.

잡히는 고기는 내 품삯이니
품삯을 벌러 나와 함께 가세.
물고기는 잡히는 곳마다 풍년인데
물고기 한 마리라도 더 잡아야 하네.
고기도 삯을 매기든가
사람도 그러한가.
품꾼도 삯을 치르는데
물고기가 또 풍년이로구나.

누가 또 벼슬을 샀나.

벼슬아치 드실 밥상엔

진수성찬

고기도 올라가는데

우리 백성들

입에

풀칠하기에도 바쁘네.

고약하다.

벼슬아치 아첨 떠는 모양이 참으로 괘씸하다.

아침 기슭을 알리는 닭의 울음소리를 듣고도

왕이 구별하지 못하더냐.

누구나 벼슬이 좋으니

세상만사 다 제치고도 모자라느냐.

예끼! 벼슬아치들아 그 값만큼도 못하는구나.

돈 벌기가 이렇게나 힘이 드는고.

정말로 참말로 배가 기울면 어찌하나.

천하태평

천하태평한 산을 보아라.

들에 자라는 꽃들과 나무에 잎사귀와

속삭이는 지저귀어 우는 새들의 소리가

즐거운 노래처럼 들리고

구름을 벗 삼아 걸려 있는 해의 총명함에는

가리우지 않는 애정 어린 시선으로

바라보는 우리들의 모습이 있다.

해의 뒤에는 달이 걸려 있고

시퍼런 얼이 서려 있다.

달의 추운 공기가 와닿아

가슴속에 품는 사람은 달을 품고 있다.

우리 모두

달을 보고 바라듯이 소원을 빈다.

우리들의 가슴속에는 살아 있는 달이 있다.

오늘 밤에는 저 산 너머 뒤쪽에

달이 걸려 있다.

저 산 너머 뒤로 돌아가면

언덕 위쪽에

늑대가 울었던 자리가 그대로 남아 있다.

승냥이의 울음소리가

아직도 서슬 퍼런 눈을 하고

이글거린다.

오글거리는 마음을 움켜쥐고

승냥이의 울음소리를 낼 것인가.

시퍼런 달을 움켜쥘 것인가.

슬픈 곡소리로도 모자라서인가.

새벽

새벽잠을 자다가 무심코
이튿날을 생각했다.
잠결에 생각나는 이유는
내가 무엇을 그토록 원하는 것일까에 대한 것이었다.
누군가를 생각하는 것도
그 어떤 일이라도
어항 속에 있는 금붕어가
아니라면
유독 기분이 숭숭한 이유는 무엇일까?
새벽을 만나 아침을 기다리는
사람들이 정답고
마음속에 있는 사람 사이라는 것도
내가 생각하게 만드는 것은
바로
나 자신의 자아를 알게 하는

성찰하는

꿈을 꾸는 이유와 같은 것일까?

울적한 마음을 달래고

정다운 세계를 꿈꾸는

진짜 꿈의 세계는 그 무엇일까?

진짜 세상

보이는 대로가 다가 아니요

아는 것도 진짜가 아니오.

실제 느끼고 경험하는 것이 세상이요

두 번이 세 번째를 부르는 것이요

빛나는 세상이 아니라 찬란한 세상이요

뜻을 전하는 바가 도가 아니요

생각도 생각 나름이요

보지 못하는 것이 앞을 못 보는 것이요

절름발이가 세상을 다르게 보는 것이요

불쌍한 것보다 불결한 것이 저주 받은 것이요

사랑을 외치는 자가 보살피는 것이요

외톨이가 고민하는 생각을 못 보는 것이 아니요

지푸라기는 지푸라기의 제값을 하는 것이요

병든 자가 짐을 지을 수 없는 것이오.

값을 매길 수 있는 것과 없는 것도 있는 것이요

현실이 현실을 말하는 것이요

지금이 곧 현재의 나 자신이오.

고백

나는 아는 것이 없어서 가슴에 한이 맺힌 사람입니다.

글자를 알지만 정작 아무것도 진심으로 가르쳐 주는

사람이 단 한 사람도 없었습니다.

진실로 고백하건대

나는 그런 사람을 만나 본 적이

단 한 번도 없습니다.

그런데,

어쩌다가 한 사람을 만났습니다.

그 사람이 내게 고백했습니다.

선생님, 제가 그렇게 살았습니다.

나는 놀랐습니다.

'사람이 이렇게도 무섭구나. 나를 바로 앞에 두고 무시하

다니 정말 기분 나쁘고 속상하구나.'

그래서 내가 다시 그 사람에게 말했습니다.

나를 두고 놀린 것이냐고 묻자,

뻔뻔하게 웃으면서 그걸 가지고

왜 그러느냐고 대답했습니다.

그래서 나는 고백하기로 결심했습니다.

나는 그런 사람이 아닙니다.

사람의 정에 속아서 아는 것을 모르고 살았습니다.

그 사람이 나를 해칠까 봐 무서워서가 아니라,

사람이 나를 속인다는 것이 두려웠습니다.

정에 속고 산다는 것이 나는 무슨 말인 줄 정말 몰랐습니다.

나중에야 깨달았습니다. 사람 사이에 정이 있다는 말이

무슨 말인지 모르고 살았구나.

그래서 나는 고백합니다.

사람이 쉽게 사귀는 것이 잘못된 것이라고 나쁜 것이라

고 함부로 떠드는 것이 아닙니다.

내가 먼저 내 이웃을 사랑하자는 말을 하고 싶은 것입니다.

사랑에 대한 거짓 증거와 맹세에 관하여

모든 사랑과 용기에 대고 말하여

나는 얼마나 더 성숙한 사람일까?

진실에 마주하고 더 다가가 사람들에게 친숙하게 대할

수 있을까?

현실을 알고 다른 사람에게 용기를 내어 다가가 뒤를 보

지 않고 앞으로 계속 걸어 나갈 수 있을까?

사랑하는 사람을 거짓으로 대하지 않고,

촛불에 입 맞추고

함부로 맹세하지 않으며

조우하는 사람에게 예를 갖추고

슬픔을 사랑으로 승화할 수 있는

진정한 멜로를 아는 마음의 소유자인가.

우리들의 가슴속의 휴머니즘과 하나의 진정한 리더를 알

아보는

다른 사소한 것에 목숨을 걸고

맹세하면서, 승격화시키는

이중인격자인가.

당신의 가슴속에 달려 있다.

굳은 심지와 굳어 버린 촛농처럼

눌러붙지 않는 가슴을 지닌 사람이

자신감을 갖고 있는

자신을 사랑하는 마음의 소유자이다

기억하라.

원하는 모든 것이 뜻한 바에 비추어 그만큼

이루어지지 않더라도

당신은 변하지 말아야 한다.

그 어느 위치에서 보아도

어떤 사람처럼

그 사람이 될 수는 없다.

당신에게 전할 것이 있다.

자신을 알아보아도 될 만큼

큰 사람이 되어라.

어떤 동조나 이유에서도

자신을 사랑하지 않는 사람은

다른 사람을 사랑할 수 없다.

가짜 눈물을 보이는 것이 아니라

현실에서 눈물을 흘리는 것이 오직 진짜다.

일부러 친절을 베푸는 사람에게 속지 말라.

더 가진 것이 없나 살피다가

가짜 진주를 진짜라고 말하는 것보다

더 무식하게 유식한 척 떠들면서

진짜로 둔갑시키는 것만 못하니

개에게 돌을 던지지 말라는 말도

못 알아들을 것이다.

폭풍 아래 잠들다 깨어난다

너는 폭풍 아래 언덕 위에 서 있고

바다 위의 고래처럼 자유로이 방황하는 청년이다.

청년아!

너는 무엇을 찾았느냐.

무엇을 찾아 헤맸느냐.

나비를 보고 나비처럼 나는 법을 알았느냐.

정말로 나는 법을 알았더냐.

세상을 보았느냐.

순수한 동심의 세계로

동심 어린 눈으로

세상을 처음 보자마자 무엇을 먼저 보았느냐.

세상을 바라본 눈으로 말해 보아라.

정말로 사람이 제일 먼저더냐.

사람이 보이더냐.

세상만사가 다 그렇듯

정말로 돈이 먼저인 세상이지만

사람이 제일 귀하지 않더냐.

진실로 사람이 제일 귀하다.

먹이사슬

먹이사슬의 눈앞에 광경이 펼쳐집니다.

새가 벌에 있는 물고기의 살을 쪼아 먹습니다.

따개비는 바위에서 서식하며 자연의 활동을 멈추지 않습니다.

원숭이가 옆에 있는 다른 원숭이의 털을 고릅니다.

백로가 논 위를 날아다닙니다.

표범과 물개도 숨으로 호흡하며 숨을 고르고

거미줄 사이의 거미를 사마귀가 지켜보고 있습니다.

오리도 떼를 지어 날아다닙니다.

누군가 이 광경을 지켜보고 있습니다.

바로 당신과 나라는 사람입니다.

이것은 한때 당신과 나의 연결고리였습니다.

지금은 먹이사슬의 눈앞에 무너져 내린 폐허 같은

세상이기도 합니다.

시간이라는 것은 굉장히 느리지만 빠르지도 않습니다.

공평하게 살아 있는 모든 것에 감사할 날들이 제자리에
서 뒷걸음치지 않기를 바랐습니다.

그것은 누군가의 꿈 혹 희망 같은 것이 아닐까 짐작했습
니다.

어리석지 않도록 생각하는 용기도 필요했습니다.

마침 사람이라는 피조물에 대해서 생각하게 되었습니다.

'금붕어는 어항 속에 갇혀 있는 것일까?' 하는 질문이
떠오릅니다.

일부러 재미없는 말을 하는 일보다 더 값진 것은
다른 흥미 있는 일에 관심을 갖는 것입니다.

세상의 허영심을 타도할 수 있는 생각이 옳고 그름을
따지는 일처럼 귀한 것이 될지도 모릅니다.

인간 세상에서 따질 수 있는 것을 다 따져도 모자란 것은
없습니다.

지식의 사치는 항상 활을 들어 화살을 끼고 겨냥하고 있
습니다.

내 생각에 비추어진 것들은 항상 작은 것들이 맞고, 우스

꽝스러운 것들이 아니었습니다.

다른 생각에 더 큰 것을 바라면 그르칠 것을 생각하여 보살피는 것이 맞다고 여겨지는 것입니다.

눈앞에 있는 현실을 피하는 것보다 맞서 싸우는 용기가 절대적으로 필요하다는 생각입니다.

어둠의 그림자

들녘의 노을 뒤로 드리우는

검은 그림자는 나의 귓가에 다가와

아스라이 뿌연 안개로 변하여

사라지지만

단지 내 생각 속에 드는 것은 유리하는 자가

나를 해치려 든다는 생각뿐입니다.

주변 변두리 속에 숨어 있던 인간들이

그림자놀이를 하고

어둠의 그림자는 올라와 변화를 꾀하여

우리들의 마음속을 읽는 것이지요.

서로가 사람이 사람을 속이고 피하는 것이 죄가 되는 것을

모르지 않는 눈치지만

사랑의 법도는 없다.

인간이 정죄한다는 말을 믿습니까?

다만 유리하는 자는 유리할 뿐

당신도 죄가 없다고 믿습니까?

일과

그토록 꿈에 그리운 것일까에 대한 질문은

내가 원한 것에 대한 또 다른 무엇을 향하는 것들이 아니

었다.

어쩌면 내가 정말로 그리워한 것은

다른 무엇인가 무언가에 대한

또 다른 해석으로 이어지는

또 다른 세계를 향한 갈망이었다.

그것이 어쩌면

나의 시적인 세계를 가리키는

많은 생각과 연결 지어지는

마치 동화 같은 꿈속의 주인공이 되는 듯한

기분과는 어떤 이유에서일지라도

그대로 대변하고 있다.

미술에 조소에 예술로 이어지는

미술의 세계처럼

예언 없는 일들이 예고하는

갖가지 수많은 생각과

탐험하는 정신을 기리는 마음으로

정서를 다스리는 현명한 태도를 말하는 것이다.

이변으로 생각되는 많은 일들이

어떤 이유라도 조금도 지나치지 않는 것은

그것이 나의 세계를 구축하는 힘과 희망의 씨앗이 되려

던 탓일 것이다.

하지만 사람들을 바라보는 시각으로 볼 때,

나의 시선과 마주치지 않는 것은

있지 않은 사실이 없다는 것인데도

또 다르게 생각할 수 있는

또 다른 말들을 지어내는 것이다.

수많은 인파의 많은 사람들을 보고

생각하는 이유를 캐묻는 것과

생각할 수 있는 많은 것과

돌이켜지지 않은 일과에 대한

보람은 애쓰지 않고도 애석하게도

해석할 수 없는 것이다.

그것에 대해서는 말할 수 없는 것이 사실이다.

또 다른 시

말라붙은 풀숲 사이를 가로질러 막는

앙상한 나뭇가지 사이로

뿌연 연기가 새어 나오는데

당신은 햇빛 없는 그늘을 찾을 뿐입니다.

질문이 어렵고 싱숭생숭하지만,

앙상하기 짝이 없는 들판에서

산속은 아무것도 내어 주지를 않습니다.

이것은 우리 서로의 삶의 태도에 관한

문제로 정의할 수 있습니다.

앙상한 나뭇가지를 보고 말합니다.

나뭇가지에 비교하면 당신은 계절을 보내고

풍경에 대해 토로할 테지만,

계절이 항상 바뀌고

계절을 보내고 나무가 뿌리를 내리듯이

더 깊은 마음속으로 사랑으로 뿌리내리는 것이 참 아름

답습니다.

말라 뒤엉킨 숲도 눈이 폭신폭신 쌓이는

겨울을 기다리기 때문이죠.

눈이 오기를 기다리는

아이 같은 눈으로 바라보는 세상을 이야기하는 것입니다.

시처럼 말하는 당신의 이야기는 무엇인가요?

아직도 그늘을 찾고 계시나요?

불볕더위가 아닌 마른하늘 아래 따뜻한 그늘을 찾고 있

진 않나요?

사랑

한 사람이 사랑을 말한다.

사랑을 고백한다.

그의 슬픔을 보여 달라고 조용히

기도했지만

세상에 있는 모든 슬픔들이

그를 가리키고 있었다.

그를 아무도 쳐다보지 않는 것이 더 속상했다.

그런데 그가 갑자기 물었다.

왜 울고 있느냐.

모든 사랑을 잃었습니다.

앞으로

다른 사람을

아무도 사랑하지 않겠습니다.

모든 것이 말해 주고 있었다.

세상이 드러나고

태양이 찬란하게 빛나

생각이 떠오르자

그 길을 가는 것이 무엇일까 생각했다.

누군가 막아서려던 것을 피하고

급히 서둘러서 나의 길을 찾아야지

생각했지만

정말로 화려하지 않은데도

그것이 눈부신 이유는

정말 빛이었을까?

한 치 앞도

가늠할 수 없었다.

해피엔딩

우울한 오후를 달래 줄 수 있는 건

울적한 내 마음을 달래 줄 수 있는 건

그 무엇과도 비교할 수 없는 무엇일까.

이유 없는 반항과 그리운 마음을 달래고

소리 없는 아우성치는 속마음은

과연 무엇 때문이었을까?

사람들의 소리가 더 가깝고 멀게 느껴지는

세상의 소리는 왜 내 귓가에 쓸리는 걸까.

어쩌면 이것은 나의 마음을 달래 주는

어디선가 들려오는 반가운 소식과도 같은

그런 기분이 드는 이유를 찾을 수 있을까?

찬 기운이 나를 에워싸도

내 마음을 녹여 주는 그 무엇을 찾을 수 있다면

얼마나 좋을까?

TV에 나오는 행복한 결말이 무엇을 말해 줄까?

돈과 권력일까.

내가 가진 것일까.

결말에는 항상 해피엔딩이라는 수식어가 붙을까?

싱숭생숭한 마음으로는 진짜 해피엔딩을 기대할 수 없다.

오늘부터는 이런 생각을 하기로 결심했다.

내가 만족하는 다른 것들과 비교하여 바꿀 수 있는 드라마틱한 해피엔딩은 없다.

나는 세상으로부터 완전한 자유를 원한다.

속정

속지 말자.

나를 속이는 마음에

나를 아프게 하는 질투 아닌 사랑에

질시와 질투로 나를 태우는 잔인함도

더 이상 울지 말자.

아프고 아픈 사랑에 속아

미련을 버리지 못하는

바보가 되지 말자.

오늘도 네 생각을 했지만

다가갈 수 없는

내 마음마저 짓밟고 그대로 도망가 버리는

속정에 속지 말자.

나는 너를 만났고

너를 생각했지만

그대로 포기하게 만드는

세상에 속지 말자.

나는 그대를 만났고

그대를 만나서 좋았고

그것이 사랑이어서 더욱 내가 빛난다.

이것이 진정한 내가 말하는 믿음과도 같은

사랑이다.

나를 애태우는 불결한 사랑은

더 이상 거짓된 일로

나를 이길 수 없다.

나의 사랑아,

나의 나약함에서 나는

이기심도 더 이상 너를 힘들게 하지 못한다.

나는 너를 아끼고

너와 내가 만나

너는 너를 아끼고

너를 사랑하는 일이다.

내가 너를 만나 사랑하는 일이다.

너와 나는 앞으로도

사랑하고 아끼면서 살지어다.

수녀

종용하는
조용히 기도하는 마음속에는
이런 마음도 있었다.
더 이상 기도 속에서 놓칠 것만 같은
이 울분의 마음이 사라질까.
기도가 끝나면
사람들이 흩어지고
나의 마음도 수그러들 테지만
왜인가.
오늘따라
그대가 더 슬퍼 보이는 까닭은.
이런 이유에서 당신을 생각한 것이
무슨 죄가 되리오.
나는 당신을 사랑하는 마음이
간절한 것뿐입니다.

이런 기도의 이유에서 나는

사랑의 간절함이 묻어나는

다른 것들을 찾게 되는 이 마음까지도

사랑한 것이 맞습니다.

사랑은 사랑으로 끝나는 것이 맞지만

불결한 다른 사상이 사랑이 될 수 없는 것처럼

모든 기도의 이유는 바로 당신으로부터 난 것입니다.

작별인사

별들아 나의 손짓이 너희에게 닿을 수만 있다면.
허공을 스치는 나의 손짓이 너희들을 애타게 부르지만
너희들은 내 마음을 알 수가 없구나.
나의 마음처럼 너희도 우리의 만남을 헤아릴 수 없구나.
별들아 사람들에게 꼭 전해 주련.
우리의 만남 뒤에 있는 이별은
절대 꿈처럼
마치 꿈결처럼
밤하늘을 수놓은 수많은 별들처럼
절대 헤아릴 수 없는 것이라고.
무수히 많은 별들이 비추는
우리의 마음을 소중하게 간직할 것이라고.
밤하늘이 수많은 별들을 수놓으면
그 아름다운 꿈처럼
꿈속에서 꿈결처럼

다시 별들을 바라볼 수밖에 없는

애타는 마음도

수그러들 테지만

별은 항상 같은 자리에서

사람들의 마음을 비추며

오랜 세월을 함께해 왔다고.

별들에게 작별인사를 해야 한다고.

별들은 우리들을 비추는 빛이라고.

별들처럼 빛나는 눈동자는 그것을 바라보고 있었다고.

지켜보고 있었다고.

별들에게 영원히 기억되기를 바라면서

별들은 우리에게 소중한 빛이었다고.

우리를 기억하면서.

사랑의 기별

사랑할 때 가장 기쁜 순간은
사랑하는 믿음을 확인할 때이다.

그렇다면 가장 중요한 순간은
사랑하는 마음을 고백할 때이다.

사랑에 있어서는 가장 슬픈 순간 또한
사랑하는 사람과 이별할 때이다.

그렇지만 가장 어리석은 순간은
사랑하지 않는 외로운 순간이다.

사랑하는 사람이 사랑하는 사람에게

사랑은 그랬다.

언제나 고지식하고

자기 자신을 드러내지 않고

사랑을 함부로 말하는 걸 싫어하고

부드러운 목소리와 이성적이고

이해와 배려만을 해 왔다.

그러나 말한다.

사랑해서 제일 기쁜 순간은

사랑하는 사람에게서 사랑받는 일이다.

사랑이라고 해서 끝없는 인내만 하는 것이 아니다.

퍼즐의 조각처럼 사랑을 완성한다면

사랑에는 사실 다른 것이 아니라

사랑한다는 사실이 있어야 하고

그 사실이 변하지 말아야 한다.

사랑한다면 알 수 있지만

사랑하지 않으면 알 수 없는 이유이다.

사랑이 불가피하게도 멋쩍은 까닭은

사랑하므로 짓밟히는 아픔보다

사랑하지 못하는 저주를 슬퍼하기 때문이다.

저주가 아름답지 못한 건 슬퍼서가 아니라

사랑을 할 수 없는 믿음을 가졌기 때문이다.

이 또한 사랑에 있어서는 극약이 될 뿐이다.

그 누구도 할 수 없는 사랑을

당신이 할 수 있다면 어떡하겠는가?

회전목마

나는 침대에 누웠다.

아침 인사를 뒤로

그래도 생각나는 건

웃기는 사실 하나다.

세상이 돌아가는 건

딱 이유 한 가지뿐이다.

나라는 존재가치를 생각한다는 것.

나라는 존재를 다른 사람과 비교하는 것.

또는 그것을 부정하는 것.

나는 왜 이런 고민을 할까.

이유가 필요하다.

나라는 존재의 이유.

그렇지만 세상을 살아간다는 건

마치 광대가 춤을 추는 것만 같다.

나는 역시나 미쳤다고 생각하지 않는다.

이유는 나는 나라는 존재를 부정하지 않는다.

쓸데없는 생각을 하는 것도 아니다.

그저 미래를 생각했을 뿐.

어쩌면 세상은 돌아가는 놀이기구 같기도 하다.

혼잡스럽고 빛으로 발광하는 것이

마치 그렇게 보인다.

나는 놀이기구를 좋아하지 않는다.

혼란스러운 감정은 점점 더 고조된다.

차라리 아침을 택한다면

놀이기구가 무섭게만 보이는 건

내 잘못일까.

아니면 다른 이유에서일까.

다른 이유에서라면

그게 무엇일까.

다른 생각을 해 볼까.

어른이 되어서 무서운 놀이기구는 싫어진 걸까.

나는 아직도 회전목마를 좋아한다.

어른이 되면 싫어질 줄 알았는데

회전목마는 계속 돌아가기만을 반복하는데

어른이 된 나는 돌아가고 싶은 걸까.

세상이 돌아가는 것뿐인데.

당신이 생각하는 악의에 대하여

당신이 어리석다고 느낄 때

가장 기쁜 말을 해 주고 싶거나

당신이 슬플 때를 생각하고

따뜻한 말을 떠올리고는

혼자가 아닌 슬픔을 내려놓고

용기를 위로하여 줄 때

정의와 승리를 위하여 맞서 싸우는

그런 낭만을 기대하고

당신의 뜻을 따를 땐

신의를 경험하는

그런 의로운 생각들이 모여서

함께 도전하는

가치 있는 젊음을 논하면서

생각을 이끌어 내는

용기 있는 도전과 악에 맞서 싸우는

누구나 신 앞에 평등하기를.

그러나 공평한 사회를 논하지 말라.

그것은 누구나가 될 것이다.

사람이 될 수도 있으며 내가 먹는 양의

일부가 될 수도 있고

사랑이 될 수도 있다.

공평함은 관대함이지

셀 수 있는 것이 아니다.

누구에게나 불공정하다면

사회라고 볼 수 없듯이

공평할 수 있다면

이 세상에 악은 존재하지도 않았다.

성공

스치는 바람에 옷깃 여미며 속옷을 감추고
빠른 생각을 하면서 거리를 걷는다.
사람들은 제각기 다른 표정으로 똑같은 말을
되뇌이며 생각한다.
이대로 괜찮을까,
이대로라면 성공할 수 있을까.
정답이 궁금해지자
생각이 떠오른다.
성공은 그런 게 아니다.
성공이란 마치 불붙는 성냥개비와도 같다.
부딪혀 봐야 알 수 있는 것이다.
누군가는 이렇게 말한다.
그것을 도대체 어떻게 알지?
성공의 기준이란 없다.
나 자신의 기준일 뿐

정말로 행복한 사람은 성공한 것 아닌가.

행복하다는 말은 자신이 말하는 가치 있는 기준이 되는

것뿐.

정말로 행복한 사람이 되고 싶은 걸까?

자신이 만들어 낸 행복의 기준이 아닌

누구나 똑같다고 말하는 기준의 벽을 넘어설 것인가.

일상

사치스러운 긴장감의 압박

다시 되돌릴 수 없는 무게 있는 외로움

많은 것을 더하고도 또 더해도 모자람이 없는 이유

외로움이 이길 수 없는 이유

진짜 사랑한다면 견뎌야 하는 무게

그 중압감에 있는 사실은

사랑이란 이유로 끝나지 않는

절대로 우습지 않은 최고의 순간만을 기억하는 것이 아

니라 우습지 않은 평범한

오늘의 하루와 내일의 과거처럼 기억되는 것도

사랑을 찾는 것과도 같은 것.

비몽사몽

창가로 들어오는 햇살을 반기고

잠에서 깨어날 때쯤

시계를 바라보았다.

째깍째깍

시곗바늘이 가리키는 숫자는

오늘의 현재를 의미한다.

현재를 떠올리며

깨어난 나는

많은 생각들이 겹친다.

유독 그런 날이 있다.

가만히 생각해 보니 오늘이 그런 날이다.

햇살을 뒤로하고

머릿속에 밑그림이 그려지기 시작한다.

오늘의 하루는 어떨까.

보이진 않지만 내가 그릴 수 있는 그림은

미래를 생각하게 한다.

밑그림은 역시

고난과 인내와 역경과 같은

성공 뒤에 따라오는 역설적인 것이다.

화분에 물을 주면 자라는 꽃처럼

이 역시 꽃이 사랑받아야 마땅하다고

생각하는 것이다.

외로운 슬픈 순간을 받아들이려면 시간이 지나야 한다.

꽃이 외로움을 견디는 순간

세상의 틈에서 새어 나오는 한 줌 햇살의 온기는

보는 나를 따뜻하게 만든다.

따뜻한 시선으로 나를 안아 줄 것만 같다.

포근한 날씨도 한몫 더한다.

잠에서 깨어났다는 확신이 들 때쯤

밑그림을 완성했다.

이제 칠하기만 하면 된다.

세상의 형형색색의 물감으로

색을 칠할까,

수채화 물감이 어울릴까,

너무 화려한 색이 과연 나와 어울릴까.

둥지

세상살이에 지친 사람들이 모여드는 둥지에는 우리가 그동안 지나쳐 지내 온 많은 시간에 응집된 인간 살이의 고동이 고스란히 묻어나 있다.

둥지가 튼튼하면 먹이를 새가 물어다 둥지에 재빨리 새끼들을 위한 식량을 공급하지만 둥지가 틀어지면 새가 갑자기 흩어지듯이 혹 누구라도 그것이 무엇을 위해서라도 사람들을 위한 공간이 기댈 수 없게 되면 그동안 지내 온 시간들에 대한 보상과 보답은 새끼들이 자라고 있는 둥지를 침범하는 다른 새의 먹잇감으로 전락하는 것이다. 하지만 둥지를 틀면 새들은 먹이를 먹고 자라 새가 되어 하늘을 자유롭게 날아다닐 것이다. 동물들의 세계에서 남의 먹잇감을 탐하는 침략하는 새가 될 것인가, 둥지를 틀어 새끼들을 보호할 것인가. 선택의 문제는 당연히 둥지를 트는 새를 보면 답이 나오는 것이다. 국가 간의 문제라면 당연히 전쟁을 예로 들 수 있다.

마음의 사치

다시 생각하는 마음과 틀린 것이 있다면 나라는 사람이 할 수 있는 일은 기적과는 다르다는 것이다. 그러나 물론 나만이 할 수 있는 일을 하는 것은 맞는 말이다. 자신을 자기 자신보다 더 잘 알 수 있는 사람은 이 세상에 아무도 없다. 헛된 기적을 꿈꾸는 것은 또 다른 망상이다. 세상의 소리를 듣는 것도 하나의 일이다. 이 세상의 소리는 대부분 그렇게 들린다. 당신이 오늘 무슨 일을 했든 무엇을 했든 세상은 그렇게 돌아간다. 하지만 기억해야 한다. 깊은 한숨은 시도조차 하지 않는 사람에게는 사치일 뿐이다. 당신은 오늘 어떤 일을 했는가.

사랑의 인사

아침에 인사하며 건넨 정다운 인사말들을 떠올리면서 창가에 비추는 햇살과 눈 맞추고 모두가 서로가 입을 모아 말을 건네며 따사로운 날들에 몸을 감싸고 추운 겨울을 이겨 낼 수 있는 난롯가의 따스한 온기들이 모여서 서로를 부축하는 따스함을 가진 사람들이 모여 만들어 낼 수 있는 이 세상에서 가장 위대한 많은 것들을 창조해 내는 힘으로부터 나오는 따뜻한 말을 당신도 하고 있나요?

실패자

잊고 있었던 사람이나

잊고 있었던 선물이나

잊고 잊었던 어떤 생각이든

한번 잊어버리면 찾기 힘든 것이 아니라

그것을 정말 하찮게 여긴다면

당신은 진짜 소중한 것을 잃어버린 것이다.

그것은 정말로 당신 곁에 있었지만

당신을 떠나 버릴 것이다.

만약 그것의 소중함을 깨닫는다면

정말 다행인 건 그것이야말로

진짜 소중함을 깨달은 것이다.

소중한 것들은 항상 당신 곁에 있었다.

사랑, 가족, 행복뿐만 아니라 슬픔, 아픔, 괴로움을 넘어

서 시기와 때와 징조 그리고 소중한 마음까지.

더불어 우리 이웃과 작고 소중한 다른 무엇까지.

이것들을 가리켜 사람들은 자신의 행복의 기준으로 여긴다. 이 의미는 당신이 다른 사람들과 다르지 않다는 것도 말해 준다. 다른 사람들은 잘 모르지만 자신만이 아는 역경이나 고통도 당신은 무엇을 의미하는지 아주 잘 알고 있다. 그것의 의미는 바로 나 자신을 알게 하고 깨닫게 하는 성공이라는 단어이다. 성공은 반드시 일어나는 일이 아니다. 단지 실패할 뿐이다. 실패한 당신은 실패한 것이 아니다.

통치자

한 통치자가 있습니다. 그의 직업은 대통령. 그는 오늘 하루의 일과를 외우듯이 말합니다. 내가 믿는 대중 앞에서의 내 모습은 항상 신선하고 대중 매체 앞에서의 내 모습은 따뜻한 사랑 그리고 내심은 나의 가족과 나를 위한 글을 써 주기를 바랍니다. 호기심이 많은 사람들은 그를 옹호했습니다. 그를 대통령이라고 부르기 때문이죠. 그런데 사람들은 저마다 질문이 하나둘씩 생기기 시작했습니다. 나와 내 가족은 이 나라에서 어떤 존재로 살아가고 있는가? 그 대답은 아주 간단한 것입니다. 바로 통치입니다. 여러분과 저와 다르지 않게 우리 모두 모든 순간들을 부르며 간절하게 생각하는 것은 정말 정상적이고 당연한 일입니다. 누군가의 어깨를 빌리듯이 바랄 수 있는 일이 세상에서 일어날 수 있는 일이, 얼마나 조건 없이 사랑의 힘으로 이겨 낼 수 있는 일들이 많은지 호기심을 자극하게 되는 것입니다. 정말로 우스꽝스러운 건 대통령이라도 삶과 자신의 가족을 위해서 살기 때문에 세상을 바라보는 사람들을 그렇게 보는 것도 그런 광경이 있다는 것이 당연하고 사람들이 새삼스럽게 놀라지도 않는 것입니다.

노숙자

눈보라가 치는 밤, 그 모진 바람을 맞으며 추위를 피하면서 그는 눈물을 흘렸다. 세상이 나에게는 호락호락하지 않구나. 그는 모진 세상까지 생각하면서 눈물을 흘렸다.

그의 처지가 세상에 알려졌다. 노숙자에 역전을 전전하는 거지 생활을 하는 그였다. 사람들의 반응은 싸늘했다. 그의 기사와 뉴스는 금방 사라졌다.

누가 그를 세상의 추위와 찬바람에 떨게 만든 걸까?

사람이 사람을 잔인하게 괴롭히고 아프게 하는 것은 논리가 될 수 없다.

세상이 그를 그렇게 만들었기 때문이다.

심연

무언에 대한 심연의 깊이를

셀 수 없단 것은

과연 무엇을 의미할까?

자신이 생각하는 많은 것들을

알 수 없다면

어떡할까?

내게 있어서는 가장 소중한 것 또한 그것들을 의미한다면

짐작할 만한 가치가

있는 나의 생각들이 모여서 이루는 그 이유의 실마리의

해답을 찾을 수 있을까?

그것이 나에게는 정말로 가치 있는 의미 있는 순간이 아

닐까?

심연의 끝에서 나의 생각들이

이루어 내는

많은 일들을 의미하지 않을까?

해낼 수 있는 믿음을 갖게 하는 나의 작은 기쁨은 나를 알

게 하는 한 부분이 되는 열망과 적대시 당하는 일부분일까.

외면하는 이유를 찾을 수 있다면

그 이유는 내게 있지 않을까.

불빛

나는 마치 항해를 하는 배의 선장처럼 빛을 향해 노를 짓고
한 치 앞도 모른 채 앞으로 뛰어가고 있었습니다.

그런데 누군가 그랬습니다.

그렇게 한 치 앞도 모르면서 앞은 어떻게 보고 뛰는 거지?

나는 대답했습니다.

그건 당신이 알 바가 아니오, 왜냐하면 나는 빛을 향해서
그 빛을 보기 위해서 뛰어가는 것이라오.

그 사람을 지나쳐 다시 또 다른 악당을 만났습니다.

그가 그랬습니다.

그 빛을 어두움으로 바꾸어 산 채로 삼켜 주지.

나는 내색하지 않았습니다.

어두움을 좋아하는 자여, 나는 당신에게 원한이 없소.

나는 빛을 보자 반가운 기색을 띄우며 입가에 웃음을 짓
고 미소를 보였습니다.

하지만 내 생각과는 달랐습니다.

빛은 절대로 내 생각에 비추어질 수 없는 것이었습니다.

나는 열심히 뛰는 동안

그것을 찾다가 구덩이에 발이 빠진 사람을 수없이 많이
보았습니다.

그 사람들은 모두가 하나같이 빛이 화려하다고 믿는 사
람들이었습니다.